# POÉSIES DIVERSES,

*Par M. le Chevalier* DE BONAFFOS DE LATOUR, *Capitaine au Régiment de Vexin.*

A METZ,

Chez JOSEPH ANTOINE, Imprimeur ordinaire du Roi.

M. DCC. LXXVIII.

*AVEC PERMISSION.*

# AVERTISSEMENT.

*CES diverses pieces de Poésie sont un hommage que je rends à la Religion, cette Reine des cœurs, à ma Patrie & à mon Roi. Puissent-elles contribuer à leur gloire, & étendre le regne de la vertu en la vengeant des outrages qu'on lui fait! C'est le seul objet que je me propose, & la seule récompense que j'attends. Mes Lecteurs ayant égard au motif qui m'a guidé, daigneront m'accorder leur indulgence.*

# AU ROI.

NON loin du champ de Mars, au temple de Janus,
Sur les lys triomphans, regne un nouveau Titus;
Sur sa tête, le ciel affermit sa couronne;
Mieux que les droits du sang, la vertu la lui donne
Plus craint pendant la paix que ces fiers conquérans
Qui vont porter la mort, pour regner en tyrans.

SUR un trône de fleurs à sa droite on admire
Cette Reine qui vint pour orner son empire;
L'Autriche l'enfanta, comme un bienfait nouveau,
L'étoile de la France éclaira son berceau;
Elle guida les pas & les soins de sa mere,
Qui, formant ses vertus, lui donna l'art de plaire.

Cette étoile, aujourd'hui, d'un rayon lumineux,
Annonce cet enfant, objet de tous nos vœux,
Et nous dit que le Ciel protecteur de la France,
Par des dons précieux marquera sa naissance.

L'OLIVE qui fleurit à côté des lauriers,
Brille près du Monarque & ravit les guerriers :
Elle trace des cœurs, des sceptres, des couronnes,
La main de la justice y prépare des trônes,
Pour asseoir les vertus qui regnent dans son cœur,
Où ses heureux sujets vont puiser le bonheur.
Quand Louis porte aux cieux l'éclat qui l'environne,
Son peuple seme en paix les lauriers de Bellone.
Un funeste repos n'engourdit point son bras;
Il mesure sa force, il s'apprête aux combats.
Peut-il craindre jamais les cris de la nature?
Que ce peuple est puissant! l'amour est son armure.

# LES EFFETS
## *DE L'ENVIE.*

---

## *POEME.*

# AVERTISSEMENT.

*LE flambeau de la rébellion ne fut pas allumé en France par la Religion, qui ne prêche que douceur & clémence. C'est à la seule ambition des grands, c'est-à-dire, à leur envie de dominer, que l'on doit attribuer les ravages qui ont désolé trop long-tems ce Royaume.*

*Pour inspirer toute l'horreur que merite l'envie, je peins le carnage affreux qu'elle occasionna, en fascinant les François par le mot imposant de Religion. Ce Poëme est terminé par la défaite de l'envie détruite par le Ciel. J'y ajoute un mot sur le bonheur actuel de la France, sous notre bienfaisant & vertueux Monarque, aussi admiré des Nations étrangères, que chéri de ses sujets.*

*On ne séra pas étonné de voir un Militaire consacrer sa plume à soutenir la cause de la Religion & de ses concitoyens, quand on fera attention que la Religion est la source de la plus solide gloire à laquelle on puisse & l'on doive prétendre.*

# LES EFFETS DE L'ENVIE.

## POEME.

Viens apprendre, ô mortel! à connoître l'envie,
De ton plus doux repos l'implacable ennemie;
De la Religion dérobant le manteau,
Sur les yeux des François elle jette un bandeau.
Souffle en leur ſein le feu des diſcordes civiles,
Pour bâtir un palais des débris de leurs villes;
Et ſe flatte en ſecret que de leur triſte flanc,
Va ſortir à grands flots un long fleuve de ſang;
Mais pour mieux déguiſer ſes haines meurtrieres,
Aux peuples préſentant de trompeuſes lumieres,
Elle ira ſur l'autel, d'un bras profanateur,
A nos ſacrés flambeaux, allumer ſa fureur:

» Employons notre glaive à protéger l'Église;
» Et de l'erreur, dit-elle, arrêtons l'entreprise.
» Laisserons-nous en proie à son avidité,
» Ces florissans États (*a*) où luit la vérité ?
» Contre elle nous saurons tourner ses propres armes:
» Qu'importe que la guerre excite les alarmes ?...
Le François ébloui par ce prétexte faux,
Ignore qu'elle apprête un déluge de maux.
La rage est dans ses yeux, & le fiel de sa bouche
Va dessécher les fleurs que son haleine touche:
L'orgueil est sur son front, jamais il ne rougit,
Et d'un encens impur sans cesse il la nourrit.

On voit sous ses drapeaux ces ames sanguinaires,
Qu'enfanta sa noirceur en de sombres repaires.
Déjà leurs prompts secours aident ses coups mortels,
Mais le trône en tombant, (*b*) brisera les autels.

Pour défendre l'Église, hélas! elle l'opprime;

---

(*a*) La France : on pourroit dire toute l'Europe, où le Protestantisme faisoit tant de progrès dans ces tems malheureux.

(*b*) La défense de la Religion & de l'État est presque toujours le masque dont se couvrent les esprits vains & séditieux.

Va-t-elle à la vertu par le chemin du crime ?
O crédule François ! en aveuglant ton cœur,
Elle force tes mains à combler ton malheur.

S'avançant à tâtons par des routes funèbres,
Elle fuit le grand jour & cherche les ténèbres. (*a*)
Sans doute elle appréhende, en voyant ses forfaits,
Que son bras interdit ne détourne ses traits.
» Si de la soif du sang, l'erreur est dévorée,
» Elle peut, dit l'envie, être désaltérée :
» D'un plaisir fait pour moi, fallut-il me priver....
» Qu'au sein de ses sujets elle aille s'abreuver.

La grêle sur nos champs cause moins de ravage,
Que ce monstre acharné n'en fait sur son passage.
Nul sexe, nul état par lui n'est épargné ;
Du sang qu'il fait couler, l'enfer est étonné.
La Seine qui le voit souiller son onde pure,
En fuyant son aspect, redouble son murmure.
Les nœuds sacrés de fils & de pere & d'époux

---

(*a*) C'est à la faveur de la nuit, que l'envie fit commettre les plus horribles meurtres.

Ont bientôt disparu sous l'effort de ses coups.
Il pénétre par-tout, atteint, ébranle, perce,
Assouvit sa fureur sur les corps qu'il renverse,
Et les entasse au sein des gouffres entr'ouverts,
Qui semblent sous ses traits à ses vœux s'être offerts.
A peine son regard peut compter ses victimes:
Quels crayons assez noirs traceroient tous les crimes
D'un monstre plus affreux qu'un lion rugissant,
Que l'enfer parmi nous vomit en frémissant?
L'horrible désespoir & la faim dévorante (*a*)
Conduits par sa fureur, surpassent son attente.
A ce monstre, on diroit que prêtant leur appui,
Ils font tous leurs efforts pour l'emporter sur lui.
De toutes ces horreurs la nature éperdue,
Pousse des cris perçans & détourne la vue.
L'Église à ses soupirs mêle sa sainte voix, (*b*)

---

(*a*) Les horreurs de la guerre civile surpassent encore tous les désordres des guerres ordinaires.

(*b*) La Religion condamne la cruauté, & gémit des outrages qu'on lui fait, en confondant ses principes invariables avec les abus occasionnés par les passions des hommes.

Et se plaint que l'envie attente sur ses droits.
» O démon déchainé, fléau de mon empire,
» Dit-elle en gémissant! Quel monstre me déchire?
» Mes enfants infectés du venin de ses yeux,
» Secondent ses projets croyant venger les cieux.
» Hélas! est-il erreur qui leur soit plus funeste?
Mais son cœur oppressé ne put finir le reste.
L'Océan est moins sourd, quand ses flots en fureur,
Au vaisseau fracassé vont porter la terreur.

L'envie ayant armé le fils contre le pere,
Pour fruit d'un attentat digne seul de lui plaire,
A ce malheureux fils d'un faux zéle abusé,
Elle laisse la honte & l'horreur du passé.
On entend une voix sortant du sombre abyme,
Nous dire que jamais il ne connut ce crime:
La terre lui répond par des mugissemens,
Qui forcent les enfers à plaindre les vivans.

Les tigres & les ours, dans leur rage perfide,
Peuvent s'apprivoiser sous la main qui les guide;

Mais l'envie eſt ſans frein, ſans pitié, ſans remords,
Et veut voir tous ſes pas jonchés de mille morts.
Devenant à la fois aſſaſſin & parjure,
Elle irrite le Ciel, la France & la Nature.....
Ma muſe m'abandonne & mon œil s'obſcurcit,
Tous mes ſens ſont glacés & mon eſprit frémit.
Ciel! un trait meurtrier décoché par l'envie,
Des jours de notre Roi (*a*) rompt la trame chérie!
» Ah! dit-il, mes ſujets, mon trépas ſeroit doux,
» S'il pouvoit de ce monſtre appaiſer le courroux...
Des ſoupirs s'exhalant de ſa bouche expirante,
Nous retracent l'état de ſon ame ſouffante.
L'excès de ſa tendreſſe eſt toute ſa douleur;
L'envie en le frappant, n'a bleſſé que ſon cœur.
La mort de ce bon Roi, ſans doute, eſt ſon ſalaire,
Peut-elle ſe payer d'un forfait ordinaire?
Ce qui manque à ſes traits, eſt atteint de ſes yeux;

---

(*a*) HENRI III. Quoique l'hiſtoire nous inſtruiſe de cet attentat horrible, on a peine à croire qu'il ait exiſté des ames aſſez noires pour aſſaſſiner des Rois, qui ſont les images de la Divinité.

Que ne puis-je, dit-elle, embraser tous les lieux!
En est-il à l'abri de sa rage cruelle? (a)
Si le tems la détruit, le tems la renouvelle.
Tout nous peint ici bas son courroux inoui;
Mais le cœur qui la flatte est le premier puni:
Des traîtres, des tyrans, se rendant le complice,
Elle exile, elle enchaîne & conduit au supplice
Les Princes, les sujets, qui frappés de ses coups,
Dans les plus vifs tourmens, meurent à ses genoux.
Peut-être que le Ciel en eût purgé la terre,
S'il n'eût vu que ce monstre épargnoit son tonnerre.
Oui, Paris pleure encor ses infames excès.
Combien, dans son enceinte, il commit de forfaits!
Jours de calamités... opprobre de l'histoire,
Qui des braves François virent ternir la gloire!
Jours de larmes, de deuil, & que la vérité
Transmet avec douleur à la postérité!
Puisse le tems vengeur anéantir leur trace!

---

(a) Personne n'ignore combien l'envie a immolé de victimes en tout pays, & sur-tout en France, sous une fausse apparence de zele ou de justice.

Mais il eſt des forfaits que jamais il n'efface.

Le meurtre, le déſordre auroient terni nos jours,
Si le Ciel attendri n'eût arrêté leur cours;
De la France éplorée il entend la priere:
Auſſitôt ſur ſa tête éclate ſa lumiere;
» Qu'elle apprenne, dit-il, que mon bras tout puiſſant
» Déſarme le coupable & déteſte le ſang,
» Que la Religion, ferme appui de mon trône,
» Pour les cœurs vertueux prépare une couronne;
» Elle, qui gémiſſant de l'erreur des mortels,
» Des larmes qu'elle verſe inonde ſes autels.
» L'aimable vérité, toujours pleine de charmes,
» La perſuaſion ſont ſes uniques armes. (*a*)

La France dont le Ciel déchire le bandeau,
Voit l'envie occupée à creuſer le tombeau,
Où ſes tendres ſujets deſcendoient tous en foule,
Submergés dans le ſang qui de leur ſein découle:

---

(*a*) Ce n'eſt ici qu'une foible eſquiſſe du portrait que les Livres Saints nous font de cette Reine des cœurs. L'impiété s'efforce de lui ravir les hommages qui lui ſont dus, en lui imputant des forfaits dont elle eſt innocente.

Elle

Elle alloit aux remords abandonner ſon cœur,
Lorſque ſon regard s'ouvre aux rayons du bonheur,
Par lui s'éteint le feu de la guerre civile ;
Des cendres de Paris renaît une autre Ville ;
Le Soleil éclatant ſur ſon char radieux,
Se hâte de montrer ce triomphe à nos yeux.
Des fruits de la nature il preſſe la naiſſance,
Et l'univers charmé voit fleurir l'abondance.
Les ruiſſeaux dans leur cours en ſe précipitant,
Inſtruiſent les vallons de leur bonheur naiſſant.
Sur des près émaillés va ſerpenter la Seine,
Qui fuyoit triſtement, en rampant ſur l'aréne.
De l'aveugle François le ſang ne coule plus,
Les crimes de l'envie ont fait place aux vertus.

Le Ciel a ſubjugué ce monſtre formidable,
Que la France croyoit devoir être indomptable.
Dans les bras de la gloire elle goûte les fruits
D'une paix qu'affermit le regne de Louis ;
Ce Monarque chéri, ce Roi digne de l'être,

Qui déja regne en Pere, & qui gouverne en Maître.
L'envie oſeroit-elle aborder ce ſéjour
Gardé par ſes vertus, ſes bienfaits & l'amour ?

# TRIOMPHE DE MARIE

## *Et dévouement de la France à cette Auguſte Mere.*

## *ODE.*

DE quelle étonnante merveille
Me vois-je tout-à-coup frappé !
Du ſpectacle qui me réveille,
La pompe ne m'a point trompé.
Dans mon extaſe, je m'écrie!
N'en doutons point; oui, c'eſt Marie
Que je vois au milieu des airs;
A cette Vierge triomphante,
Les Cieux, objet de ſon attente,
Par le Très-Haut vont être ouverts.

Cette puissante Protectrice,
Qui de l'homme change le sort,
En domptant l'enfer & le vice,
Triomphe même de la mort.
Son corps devient incorruptible,
Comme son ame inaccessible
A tous les efforts du péché;
Et tout éclatant de lumiere,
Il sort du sein de la poussiere,
A laquelle il est arraché.

Oui, cette Vierge incomparable
N'éprouve point l'arrêt fatal
Que Dieu lance sur un coupable,
Qui veut se rendre son égal.
La foudre gronde, & la tempête,
De Marie épargne la tête.
Rien ne ternit sa pureté;
Le péché la craint & se cache;

Elle eſt exempte de la tache,
Qui ſouillera l'humanité.

Aux pieds du trône de ſa gloire,
Fume l'encens de l'univers:
Le Ciel ravi de ſa victoire,
Remplit nos ſens de ſes concerts.
Le Firmament, la Terre, l'Onde
Pleins de l'ardeur qui les ſeconde,
Nous enrichiſſent de leurs dons:
La fleur des champs dans ſa parure,
Et tous les fruits de la nature
Volent au devant des ſaiſons.

En tous lieux les chants d'allégreſſe
Célébrent la Reine des Cieux,
L'enfer déſarmé nous confeſſe
Que ſon bras eſt victorieux.
Elle vient de briſer la chaîne

Qui captivoit la race humaine ;
Sa main, pour venger l'Éternel,
Renverſe l'idole du crime :
Le cœur eſt la ſeule victime,
Qu'elle immole ſur ſon autel.

La Cité Sainte eſt ſa patrie,
Ses yeux ſont-ils faits pour les pleurs ?
En les fermant à cette vie,
Elle nous laiſſe ſes faveurs.
France reconnois ton aſyle,
Sur cette mer reſte tranquille,
Contre toi que peuvent ſes flots ?
Une Vierge arrête leur rage,
Ils expirent ſur ton rivage
Que reſpectent tous les fléaux.

Elle protège ton Empire,
Dans ſon appui vois ton pouvoir ;

Ton amour ſaura te preſcrire
La meſure de ton devoir.
Louis occupe ſa tendreſſe,
Sans que pour lui ton cœur la preſſe,
Cette Mere auprès de ſon Fils,
Veille à la gloire de ſes armes,
Empêchant que jamais les larmes
N'arroſent la tige des lys.

Nos Monarques font leurs délices
De t'offrir leurs États divers:
Reine aimable, ſous tes auſpices,
Préſerve-les de tous revers.
Ils entendent que ta clémence
Leur aſſure ton aſſiſtance;
Le Ciel en ce glorieux jour,
T'ouvrant les portes éternelles,
A leurs ames prête des aîles,
Pour te ſuivre au divin ſéjour.

Tu vois la guerre qui s'allume,
Soutiens le bras de nos Héros,
L'amour, qui pour toi les consume,
En leur main place tes drapeaux.
Qu'à leur aspect l'ennemi tremble;
Que mille traits lancés ensemble
Renversent tous ses vains projets!
Mais, que dis-je? Vierge admirable,
Puisse la paix si désirable
Être le fruit de tes bienfaits!

Que le triomphe de Marie,
Rende le calme à nos climats!
Par lui la piété chérie,
Conservera tous ses appas.
France, à ta mere sois fidele;
Pour elle signale ton zéle;
Qu'à son Autel ta vive foi
Brûle du feu de ta priere;

A jamais honore la Mere
De l'Auteur de ta Sainte Loi.

# INGRATITUDE DE L'IMPIE ENVERS DIEU.

## ODE.

JUSQUES à quand, aveugle impie,
Te ſignalant par des horreurs,
Te verrons-nous couler ta vie
Dans un cahos de mille erreurs ?
Puiſſes-tu voir le ſombre abîme,
Que ſous tes pas creuſe le crime !
Il ſeroit prêt à t'engloutir,
Si Dieu, ſuſpendant ſa colere,
N'avoit pitié de ta miſere,
Pour t'inviter au repentir.

Fermant l'oreille à ſes Oracles,
Si tu nous dis dans ta fureur,
Que tu doutes de ſes miracles,
Ta bouche, ingrat, dément ton cœur.
Mais que l'univers te réponde,
Que ſa voix ſeule te confonde,
A chaque inſtant il parle aux yeux,
Et te dit que ſon exiſtence
N'eſt qu'un eſſai de la puiſſance
Du Dieu de la Terre & des Cieux.

Quand ton orgueil ſur ſes myſtères
Jettant un regard criminel,
Oſe ſoumettre à tes lumieres
Les ouvrages de l'Éternel,
Loin de punir ta fiere audace,
Son ſilence annonce ta grace,
Et le Ciel paroît plus ſérein.
Penſe-tu qu'en juge inflexible,

Armé de ſa foudre terrible,
Il vienne t'écraſer ſoudain?

L'HOMME ſe venge, un Dieu pardonne:
Par tes pleurs lave tes forfaits;
Il t'aſſeoira près de ſon trône
Où l'amour regne avec la paix.
Toujours préſent à ſa mémoire,
A te ſauver il mit ſa gloire.
Quoiqu'embraſſant l'immenſité,
Seul il ſe ſuffiſe à lui-même,
Il ſemble à ſon bonheur ſuprême
Qu'il manque ta félicité.

ARRÊTE donc eſprit rébelle,
Je vois la foudre dans les airs
Qu'une main tendre & paternelle
Daigne convertir en éclairs.
Le Ciel deviendra ta conquête.

En t'accuſant, courbe la tête,
D'un cœur contrit & pénitent :
Écoute la voix qui te crie,
Que l'Homme-Dieu donna ſa vie
Pour te ſauver en expirant.

# SENTIMENS
## *D'UN MILITAIRE CONVERTI.*

ENTRAINÉ par l'appas de l'exemple perfide,
Où le vice funeste en ses conseils préside,
Je me livre au plaisir, sans mesure & sans frein;
Son charme séducteur dirige mon destin.
Tout semble, autour de moi, seconder mon ivresse:
Je n'entends plus la voix de l'aimable sagesse;
De frivoles objets mon esprit se repaît,
Hélas! Fut-il jamais un instant satisfait?
L'exemple corrupteur étalant ses maximes,
Me déguise en vertus de véritables crimes.
Contre les vifs remords qui tourmentent mon cœur
Je me fais un rempart de sa coupable erreur.
Esclave de mes sens, je voudrois ne pas croire;
Mais la vérité vient s'offrir à ma mémoire,
Et me dit: doute-tu qu'un Dieu plein d'équité,

N'arme un jour ſon courroux contre l'iniquité ?
Apprends que l'Éternel auteur de la juſtice,
Couronnant la vertu, n'épargne pas le vice.
Quoi ! Pouvois-tu penſer, en écoutant l'erreur,
Qu'il placera le juſte à côté du pécheur? . . . . . .
Mais, parmi les éclairs que fait briller ſa foudre,
Elle me montre un Dieu toujours prêt à m'abſoudre.
O jours infortunés ! Quel eût été mon ſort,
S'il ne m'eût retiré des ombres de la mort ?
Ce Maître bienfaiſant preſſé par ſa tendreſſe,
Pour m'attirer à lui, m'invite & me careſſe :
Il uſe de clémence, il tempère ſa Loi,
Pour regner ſur mon cœur plus en pere qu'en Roi ;
Il meſure ſes dons ſur mes ingratitudes,
Et change mes penchans en ſaintes habitudes :
Sa grace en un clin d'œil convertit en douceurs
Mes ſoucis, mes remords, mes larmes, mes terreurs.
Semblable au matelot qui, ſauvé du naufrage,
S'endort paiſiblement ſur le bord du rivage ;

Au ſein de la vertu je goûte cette paix,
Qui pour l'ame fidelle eut toujours tant d'attraits;
Je me ſens inondé d'un torrent de délices,
Et le Ciel me reçoit ſous ſes tendres auſpices.

Mais hélas! Tout l'enfer jaloux de mon bonheur,
Aiguiſe contre moi les traits de ſa fureur,
Par mille illuſions m'agite & me tourmente;
Le crime à mon eſprit ſans ceſſe ſe préſente.
Tel qu'un arbre placé ſur le bord d'un torrent
Lutte contre les eaux & la fureur du vent,
Je m'arme, je combats, j'héſite, je chancelle,
A la vertu doutant ſi je reſte fidele.
Dans le trouble ſubit qui pénétre mes ſens,
Je n'apperçois en moi que des feux renaiſſans:
Mais DIEU qui m'éprouvoit, me dit, c'eſt pour ta gloire,
Tu combats ſous mes yeux crains-tu pour la victoire?
Auſſi-tôt je réponds; mon Dieu plutôt des fers,
Que regner loin de toi ſur cent peuples divers!
Sur la terre il n'eſt pas de ſi grand ſacrifice,

Que pour toi chaque jour mille fois je ne fisse !
Fallut-il éprouver les plus affreux tourmens,
L'amour seroit le cri de mes jours expirants.

Le

# LE DANGER DE L'AMOUR.

DALILA, de Samſon avoit juré la perte,
Il s'endort dans ſes bras, ſon ame s'eſt ouverte;
L'amour, qui le captive, arrache ſon ſecret,
Le ciſeau ſur ſa tête, il tombe, il eſt défait.
Mortels, fuyez l'amour, des fleurs cachent ſa chaîne,
Il nous attire à lui par la voix du deſir;
Mais dès qu'un jeune cœur a ſenti ſon haleine,
Il éprouve auſſi-tôt le cruel repentir.
Du chemin qu'il choiſit, le penchant eſt rapide:
Il y marche en entrant d'un pas foible & timide;
Mais bientôt il ſe hâte, il cherche le bonheur,
Le bandeau ſur les yeux, il ne voit point l'abîme,
Tout obſtacle eſt franchi par ſa tendre pudeur,
Et ſouvent dans la route il eſt pris par le crime.

# AVERTISSEMENT.

*L'Épître ſuivante parvint à M. de Voltaire ; mais je ne crus pas devoir la faire paroître de ſon vivant. Je n'y ai employé que des couleurs puiſées dans le fond du ſujet, & placées par la main du ſentiment. Son pinceau produit toujours les plus grands effets : il ménage l'amour-propre, & prépare une victoire aſſurée à la vérité.*

# ÉPITRE A M. DE VOLTAIRE.

VOLTAIRE, qui croira dans la postérité,
Que ton esprit fécond combat la vérité?
Vers ton cinquième lustre aux traits de sa lumiere
Il s'échauffe, il s'allume, & souvent nous éclaire. (*)
Plus d'un jour on te vît, respectant notre foi,

---

(*) *Voltaire, dans sa Henriade, un de ses premiers ouvrages, s'exprime ainsi:*

*CH. VII.* A ta foible raison garde-toi de te rendre,
Dieu t'a fait pour l'aimer, & non pour le comprendre. . . .

*CH. X.* La puissance, l'amour avec l'intelligence
Unis & divisés composent son essence. . . .

*CH. X.* Il avoue avec foi que la religion
Est au-dessus de l'homme & confond la raison.
Il reconnoit l'église ici bas combattue
L'Eglise toujours une & par-tout étendue,
Libre, mais sous un chef, adorant en tout lieu
Dans le bonheur des Saints, la grandeur de son Dieu.
Le Christ de nos péchés victime renaissante,
De ses élus chéris nourriture vivante
Descend sur les autels à ses yeux éperdus,
Et lui découvre un Dieu sous un pain qui n'est plus. . . .

*Je n'ai ajouté ces citations qu'à l'édition, ayant jugé que Voltaire qui avoit peint ces grandes vérités avec tant d'énergie, n'avoit pas besoin qu'on les lui mît sous les yeux.*

Lui payer un tribut que t'imposoit sa loi.
Tu connois ses trésors, ton cœur les apprécie,
Quelle force en leur sein puiseroit ton génie!
L'univers, qui par lui fut sans cesse échauffé,
Verroit l'erreur vaincue & le vice étouffé.
Ton feu toujours actif en ton hyver petille,
Pour égarer nos pas, pourquoi faut-il qu'il brille?

Le sentiment te parle & sa voix te suffit
Jamais fut-il besoin d'éclairer ton esprit?
Toi, qui l'affranchissant de la route ordinaire,
Pénétres de la foi l'auguste Sanctuaire:
Là ton ferme regard mesure son contour;
Notre travail d'un an ne te coute qu'un jour.
L'Éternel t'avoit fait pour instruire la terre;
Mais au lieu de leçons, tu lui portes la guerre.

Je ne viens point ici flatter ta vanité,
On ne monte au vrai bien que par l'humilité;
L'enfer créa l'orgueil pour peupler son empire,
Et jamais la vertu près de lui ne respire.

Il enfante le crime, & conduit à l'erreur,
En jettant ſur nos yeux un voile ſéducteur.

Si, cédant à ton Dieu, tu deviens ſa conquête
Quel bien pour les mortels! pour le Ciel quelle fête!
Ce Monarque puiſſant jaloux de ton retour,
Fait taire ſa juſtice & n'entend que l'amour.
Du ſoleil, qui t'éclaire, il retarde la route;
Il ſemble l'arrêter dans la céleſte voûte:
D'une main ſur ta tête il tient les cieux ouverts,
De l'autre loin de toi recule les enfers.
De ſes arrêts ſacrés ſa parole eſt le gage;
Sa lumiere chez toi préviendra le naufrage.
Il aime à pardonner: ſes bienfaits te l'ont dit;
Sur l'aveugle pécheur ſa tendreſſe gémit.
A le frapper de mort il ne peut ſe réſoudre;
Pour annoncer ſa grace, il fait gronder ſa foudre.
Son bruit eſt un accent que profère ſon cœur;
VOLTAIRE, c'eſt un Dieu, que nous peint ſa douceur.
Pourroit-il dans ton cœur établir ſon empire,

Sans inſtruire & toucher l'Europe qui t'admire!
Chacun s'écrieroit en voyant ton retour,
Il eſt, n'en doutons point, l'ouvrage de l'amour:
Par ſes dons on ſçait plaire au monarque ſuprême;
La crainte fait l'eſclave, à peine il ſçait s'il aime.
Il tremble, il s'humilie, & tous ſes ſentimens
Aux yeux de l'Éternel ne ſont qu'un foible encens.

Auguſtin, ce Docteur, que l'égliſe révére,
Ce flambeau lumineux, qui par-tout nous éclaire,
S'agite dans ſes fers, & combat ſes remords :
Tout l'enfer contre lui fait mouvoir ſes reſſorts :
Sortant de ſon ſommeil, il entrevoit l'aurore
De ce jour deſiré, que ſes pleurs font éclore.
A ſa vive lueur il court briſer ſes nœuds,
Et par le repentir éteindre tous ſes feux.
Le bienfait qu'il reçoit, encourageant ſon ame,
Il vole en tous les lieux pour y porter ſa flamme.
Son exemple eſt un aſtre, & les cœurs endurcis
Par ſes rayons perçans bientôt ſont attendris.

La main qui gueriſſoit ſa bleſſure profonde,
Porte la joie aux Cieux & la lumiere au monde.
Le vil reſpect humain n'enchaîna point ſon cœur;
VOLTAIRE, Qu'il eſt grand d'avouer ſon erreur!

UN ſoupir vertueux de ta bouche éloquente
Diſſipera l'effroi de la vertu contente:
L'éclat à ſon aurore accompagna ſes pas,
Devoit-il s'éclipſer au moment du trépas,
Diroient nos cœurs frappés de ta fin déplorable,
Si tu te refuſois à ton Dieu favorable?
Sa grace te convie, il preſſe ta raiſon,
De voler à ſes pieds recevoir le pardon.
Abandonnant ta Cour, monte ſur le Calvaire,
A la place d'un Juge, on trouve un tendre Pere.
Son ſang qui fume encor pour laver nos forfaits,
De l'enfer en courroux repouſſe tous les traits.

PLEURE, ſonde ton cœur, courbe-toi ſous la cendre.
Dans le ſombre tombeau bientôt tu vas deſcendre.
*Ce mot m'eſt échappé*.... Pardonne à ce guerrier

Qui veut unir pour toi les palmes au laurier:
Sa main, quoique novice, orneroit ta couronne
Des fleurs de la vertu que la vérité donne.

# ESSAI DE MORALE.

DANS le lit du trépas un funèbre flambeau
Fait éclore à nos yeux un monde tout nouveau,
Des objets séducteurs découvre la surface,
Le voile est déchiré, le faux brillant s'efface:
On croyoit ici bas devoir être immortel,
Notre asyle étoit moins un palais qu'un autel,
Où l'encens qui fumoit aux regards de l'envie,
Aveugloit le mortel & flattoit sa folie,
En lui cachant les fers dont il sentoit le poids:
Ses penchans criminels étoient ses seules loix.
A peine croyoit-il un Dieu que tout annonce,
Entendoit-il son nom que tout être prononce.
Sur son aveuglement que lui diroient mes vers?
D'un

D'un ton plus expreſſif nous parle l'Univers:
C'eſt un livre où l'on voit ſa grandeur, ſa puiſſance,
Sa beauté, ſa juſtice & ſur-tout ſa clémence.
Il eſt juſte, il le faut: pouroit-il être Dieu?
Cette vérité ſainte eſt écrite en tout lieu.
Voudroit-on, qu'endormi ſur ſon trône adorable,
Il traitât l'innocent ainſi que le coupable?
Que laiſſant à leur gré marcher les élémens,
Ils fuſſent dans leurs cours incertains & flottans?
Une inviſible main les conduit ſans relâche,
Et le ſeul inſenſé nous dit qu'elle ſe cache.
Ses doigts ſont imprimés ſur le foible ciron.
Malgré ſa petiteſſe, il laſſe la raiſon.
Pourroit-elle exprimer par quel art la nature
A formé de ſon corps l'étonnante ſtructure?
Comment ſon ſang qui coule en cent canaux divers,
L'éloigne quelque tems de l'approche des vers.

Tout périt, on le ſçait, tout rentre dans la terre,
Pour rendre ſon hommage au Maître du tonnerre,

Lui ſeul eſt Éternel; ce monde limité,
Qui n'eſt qu'un vil atôme en ſon immenſité,
Nous dit en s'écroulant que Dieu ſeul immuable
Sur ſon trône élevé demeure inébranlable:
Chaque âge, chaque état, que dis-je? chaque inſtant,
Lui porte ſon offrande en s'évanouiſſant.

*FIN.*

www.ingramcontent.com/pod-product-compliance
Ingram Content Group UK Ltd.
Pitfield, Milton Keynes, MK11 3LW, UK
UKHW012303240726
13966UKWH00004B/1598

9 782013 095457